IA SCHIZOPHRENIE

EVOLUTION ET TRAITAMENT

PAR :Dr azzouz tahtah

Introduction :

La schizophrénie, dans sa conception générale, est définie comme étant une psychose, c'est-à-dire une maladie mentale dans laquelle le sujet perd le contact avec la réalité et n'est pas conscient de son trouble. Elle se caractérise par des idées délirantes, des hallucinations, l'absence d'émotions ou l'incapacité de planifier des actions.

Cela dit, la schizophrénie se manifeste, en particulier, en fin d'adolescence ou au début de la vie adulte. Des études scientifiques précisent que cette maladie toucherait environ 1 % de la population[1] . A cet égard, on peut estimer à 5% la proportion de la population dont la qualité de vie sera, à un moment ou à un autre, dégradée par la maladie.

En Algérie, il est à noter que les médecins, dans la majorité des cas, sont tout à fait d'accord sur le fait que la schizophrénie et les troubles bipolaires touchent de plus en plus d'algériens, notamment une catégorie très particulièrement précise à savoir les jeunes. Dans ce cadre, Mohand Tayeb Ben Athmane, professeur et chef de service de psychiatrie au CHU Mustapha Bacha d'Alger dresse un constat alarmant en signalant que sur les 60 patients reçus par semaine au niveau de cet établissement hospitalier, on pourrait compter de 10 à 15 personnes atteintes de schizophrénie. C'est la raison pour laquelle, une importance particulière devrait être accordée à cette maladie en vue de réduire son impact assez percutant sur la santé de la population en général. En l'occurrence, d'après lui, la schizophrénie est considérée comme étant la maladie la plus répandue en Algérie[2].

La schizophrénie est l'un des troubles psychiatriques ayant des coûts directs, indirects et intangibles très élevés pour les patients, pour leur famille et pour la société.

Outre les conséquences directes sur les malades et leur famille, nous citons à titre d'exemple, la diminution de la formation scolaire et professionnelle, la diminution de l'employabilité, le rejet et l'isolement. Les conséquences psychosociales de la schizophrénie sont très importantes. Ainsi les coûts d'hospitalisation, la perte de productivité, les programmes de réadaptation, les allocations d'incapacité et d'invalidité sont supérieures dans la schizophrénie que pour toutes les autres maladies. Tout cela fait de la schizophrénie une maladie digne d'être prise en considération par la communauté médicale d'une manière assez sérieuse plus que jamais.

L'inobservance au traitement antipsychotique représente aussi un problème majeur pour les personnes qui souffrent de schizophrénie et devient un obstacle freinant leur stabilisation[3].

L'évolution peut se faire dans 50 % des cas vers les rechutes qui sont dues principalement à la mauvaise observance thérapeutique et susceptible d'entrainer une augmentation du nombre des hospitalisations, un accroissement de la morbidité et de la mortalité[4].

De nombreuses études expérimentales ou d'observations effectuées essentiellement dans les pays développés ont montré l'importance de l'observance comme facteur majeur de l'efficacité thérapeutique[5].Les méthodes utilisées pour la mesurer sont très diverses, et sont en fonction de l'objectif de l'étude[4].

Une mauvaise adhérence au traitement est associée à un risque d'échec ou de rechute de la pathologie ainsi qu'à une augmentation du coût financier[6]

L'OMS déclarait en 2003 « qu'il se pourrait que l'amélioration de l'observance donne de meilleur résultat sanitaire que l'avènement de nouvelles technologies », L'amélioration de l'observance permettrait de diminuer les dépenses de santé et d'améliorer la qualité de vie des patients atteints de schizophrénie ; grâce notamment à la diminution des complications et hospitalisation[7].

1. Schizophrénie :

1.1. Définition :

Les psychoses sont des troubles qui peuvent se présenter sous de nombreuses formes: paranoïa, bouffée délirante aiguë, schizophrénie… Le point commun entre toutes ces formes est la perte plus ou moins durable et plus ou moins permanente de contact avec la réalité. Les psychoses désignent un ensemble de maladies mentales parmi lesquelles on distingue les psychoses aiguës des psychoses chroniques. Parmi celles-ci figurent principalement le groupe des schizophrénies, pathologics à la symptomatologie riche, revêtant des formes cliniques variées. La schizophrénie est caractérisée par une expression clinique hétérogène, les symptômes schizophréniques appartiennent à trois dimensions principales: positive (hallucinations et délires), négative (aboulie, apathies, retrait social) et désorganisée (troubles du cours de la pensée, incohérence des actions).[8].

1.2. Épidémiologie :

La schizophrénie est une maladie qui concerne environ 1% de la population mondiale, Chaque année, 2 nouveaux cas pour 10000 apparaissent ce qui représente près de 3 millions de sujets atteints et 90000 nouveaux cas par an en Europe, L'espérance de vie des patients est en moyenne de 10 ans inférieure à celle de la population générale, 40% des personnes qui en sont atteintes tentent de se suicider et 10 % de toutes les personnes atteintes de schizophrénie mettent fin à leurs jours[9].

En Algérie, on estime à 400 000 le nombre de schizophrènes[10].

Dans l'immense majorité des cas, la schizophrénie débute entre l'âge de 18 et 28 ans. En général, le début est plus précoce chez les hommes. Ce fait est observé depuis que l'on étudie cette maladie puisqu'il avait déjà été noté par Kraepelin. Une étude récente a montré que 62 % des hommes et 47 % des femmes étaient atteints avant l'âge de 25 ans. Chez les hommes, on observe un pic entre 20 et 24 ans, un peu plus tardivement chez les femmes, et surtout, pour ces dernières, un deuxième pic après 45 ans.

C'est une maladie « ubiquitaire », c'est-à-dire présente sous toutes les latitudes et dans toutes les cultures, elle existe dans le monde entier. Le profil symptomatique et le profil psychopathologique présentent d'étonnantes similitudes dans tous les pays et apparaissent comme indépendants des variations socioculturelles[11].

2. Etiopathogénie de la schizophrénie :

La schizophrénie est une pathologie dont l'expression clinique est complexe et dont les facteurs étiologiques semblent multiples[11].

Les principales hypothèses sont présentées ci- dessous :

2.1. Hypothèse génétique :

En fait, la schizophrénie ne peut pas apparaitre comme une maladie de transmission génétique simple mais plutôt comme une maladie à la fois Plurifactorielle et polygénique[11].

Toutes les études d'agrégation familiale attestent de l'existence d'une concentration familiale de la schizophrénie. Le risque de présenter la maladie pour les frères et sœurs (9%) et les enfants (13 %) de patients schizophrènes est environ dix fois supérieur à celui de la population générale, De plus, ce risque atteint 46 % chez les enfants issus de l'union de deux parents schizophrènes[12].

Les très nombreux travaux menés au cours de ces dernières années ont débouché sur des découvertes prometteuses. Des études de liaison ont confirmé que pourraient jouer un rôle dans la schizophrénie un gène situé sur le chromosome 6 codant pour une protéine appelée dysbindine, et un autre porté par le chromosome 8 et codant pour la neuroguline I. Ces deux protéines jouent un rôle dans le développement et la constitution du tissu cérébral.

Deux anomalies chromosomiques semblent prédisposer à la schizophrénie, dans certains cas toutefois.

La première est une délétion (perte d'un fragment) du bras long du chromosome 22. La partie sur laquelle porte cette délétion contient plusieurs gènes jouant un rôle dans le métabolisme de certaines substances utilisées par le cerveau, ou code pour des protéines entrant dans la composition du tissu cérébral.

La deuxième anomalie chromosomique consiste dans une translocation (échange de matériels génétique) entre les chromosomes 1 et 11. Cette translocation d'ailleurs ne concerne pas seulement la schizophrénie mais également deux autres troubles mentaux, les troubles bipolaires et les dépressions récurrentes[13].

2.2. Hypothèses neurobiologiques :

2.2.1. Hypothèse dopaminergique :

Cinq voies de la dopamine (DA) sont pertinentes pour expliquer les symptômes de la schizophrénie et les effets thérapeutiques et secondaires des médicaments antipsychotiques. La voie nigrostriatale de la DA fait partie du système nerveux extrapyramidal, qui contrôle la fonction motrice et le mouvement. La voie mésolimbique de la DA fait partie du système limbique du cerveau, qui régule les comportements, y compris les sensations agréables, l'euphorie puissante des drogues d'abus, et les délires et l'hallucination observés dans la psychose. La voie mésocorticale de la DA est impliquée dans la médiation des symptômes cognitifs (cortex préfrontal dorsolatéral, DLPFC), des symptômes affectifs (cortex préfrontal ventromédial, VMPFC) et des symptômes négatifs de schizophrénie. La voie tubéro- infundibulaire de la DA qui se tend de l'hypothalamus à la glande pituitaire antérieure contrôle la sécrétion de prolactine.

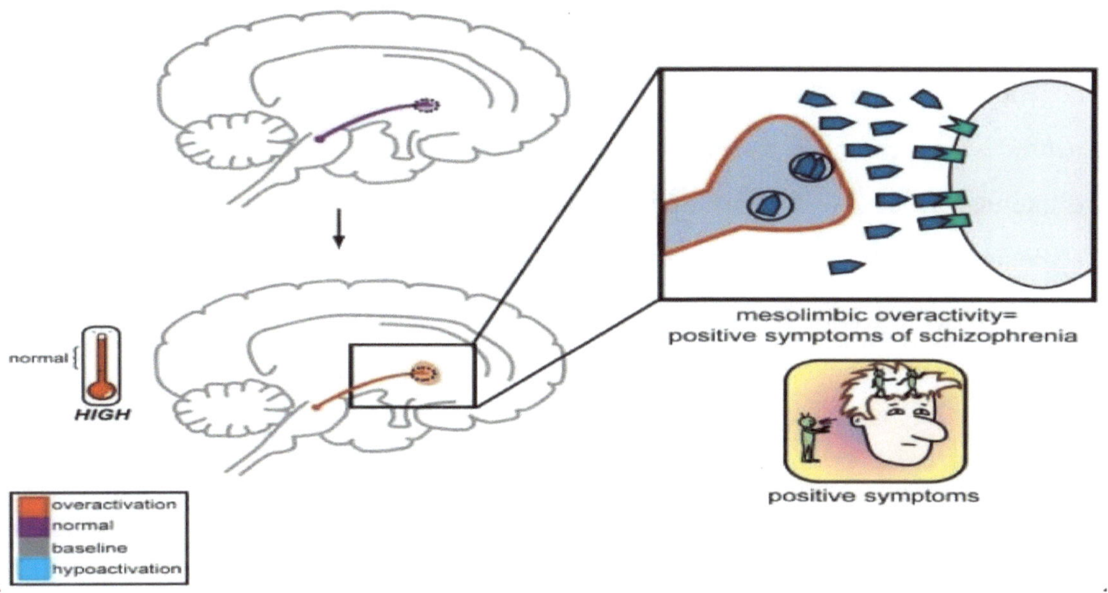

Figure 2:L'hypothèse dopaminergique de la schizophrénie : symptômes positif [14]

L'hypothèse dopaminergique de la schizophrénie : symptômes négatifs, cognitifs et affectifs :

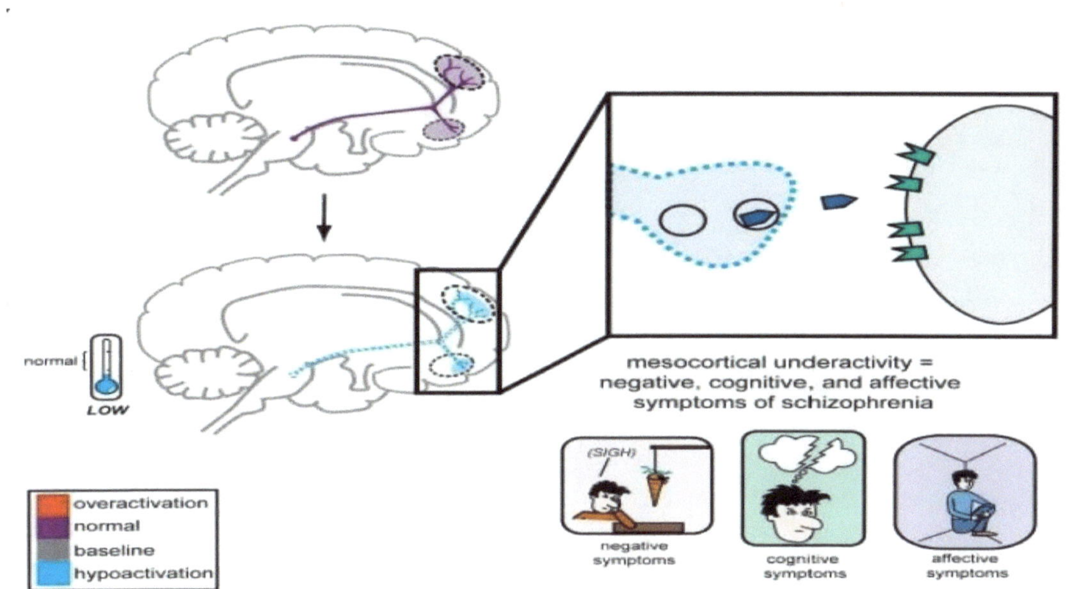

Figure 3: L'hypothèse dopaminergique de la schizophrénie : symptômes négatifs, cognitifs et affectifs[14]

La voie méso corticale de la dopamine: est hypothétiquement également affectée dans la schizophrénie. Ici, les corps cellulaires de la DA dans la zone tégumentaire ventrale envoient des projections au DLPFC pour réguler la cognition et les fonctions exécutives et au VMPFC pour réguler les émotions et l'affect. L'hypo activation de cette voie entraîne théoriquement les symptômes négatifs, cognitifs et affectifs observés dans la schizophrénie. Ce déficit de la DA pourrait résulter d'une dégénérescence continue due à l'excitotoxicité du glutamate ou d'une déficience neurodéveloppementale dans le système glutamatergique. La perte de motivation et d'intérêt, l'anhédonie et le manque de plaisir observés dans la schizophrénie résultent non seulement d'une voie de la DA mésocorticale déficiente, mais aussi d'une voie de la DA mésolimbique défaillante[14].

2.2.2. Hypothèse glutamatergique :

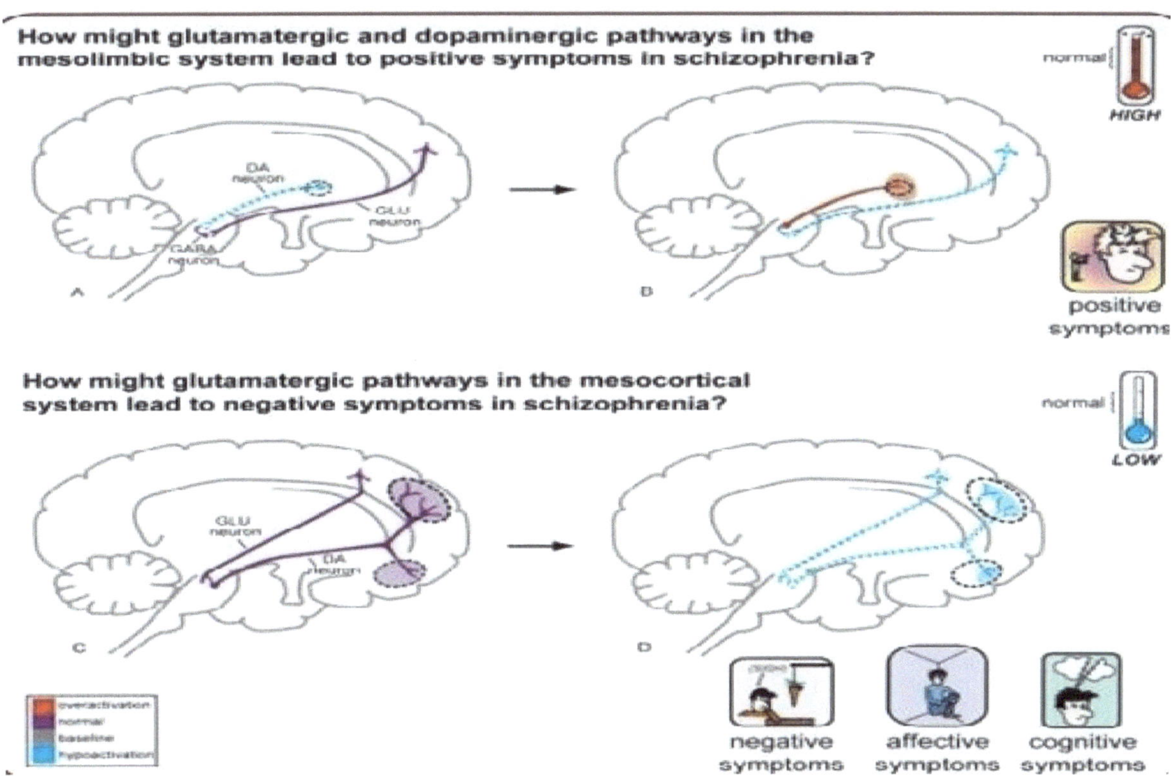

Figure 4:Figure 4:Role du glutamate dans la schizophrenie[14]

L'hypothèse de l'hypo fonction du récepteur NMDA (N-méthyl-d-aspartate) a été présentée pour tenter d'expliquer l'hyperactivité de la dopamine mésolimbique. Cette hypothèse repose sur l'observation que lorsque des humains normaux ingèrent de la phencyclidine (PCP), un antagoniste des récepteurs NMDA, ils présentent des symptômes positifs très semblables à ceux observés dans la schizophrénie, comme les hallucinations et les délires. Ainsi, les récepteurs NMDA du glutamate hypo actif pourraient théoriquement expliquer la base biologique de l'hyperactivité dopaminnergique du système mésolimbique. Le PCP induit également des symptômes affectifs tels que l'affect émoussé, des symptômes négatifs tels que le sevrage social, et des symptômes cognitifs tels que le dysfonctionnement exécutif chez les humains normaux. Les récepteurs NMDA hypo fonctionnels pourraient donc être impliqués dans tous les symptômes de la schizophrénie[14].

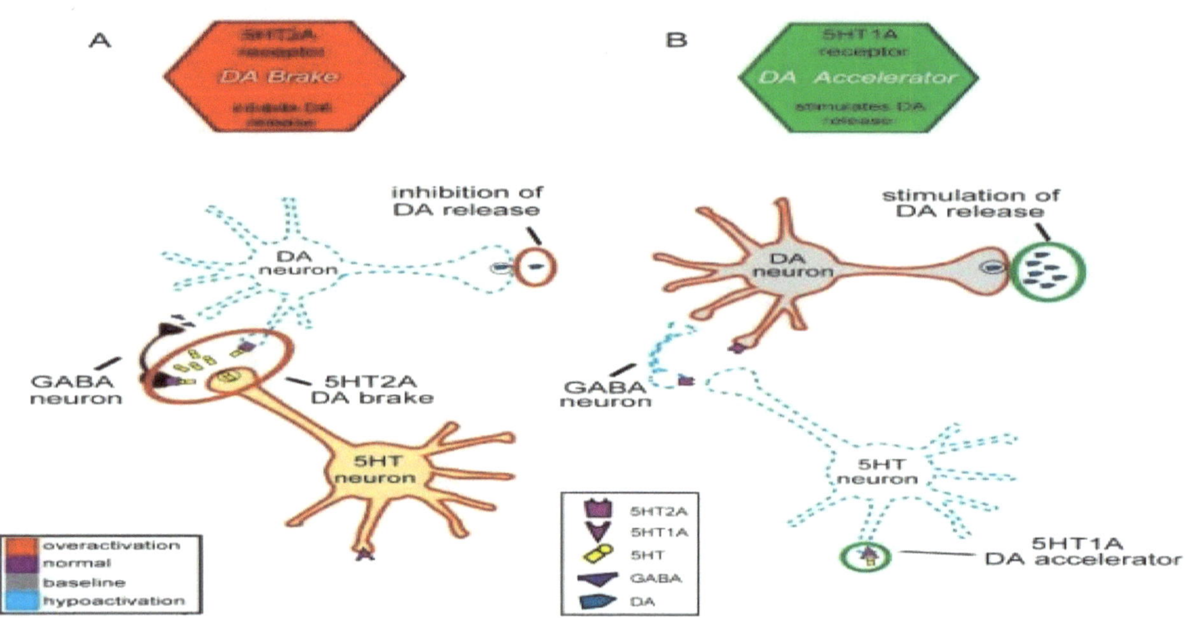

Figure 5:Actions contraires des récepteurs 5HT1A et 5HT2A sur la libération de la dopamine[14]

La sérotonine (5HT) peut réguler les rejets de la DA directement ou indirectement et peut avoir divers effets sur les neurones dopaminergiques. Spécifiquement, les récepteurs 5HT1A et 5HT2A ont des actions opposées sur la libération de la DA. (A) La stimulation des récepteurs 5HT2A inhibe la libération de la DA; ainsi, les récepteurs 5HT2A agissent comme un frein de la DA. Lorsque 5HT se lie aux récepteurs 5HT2A sur les neurones dopaminenergiques ou sur les neurones gabaergique, la libération de la DA est diminuée directement ou par inhibition de la libération GABA, respectivement. (B) La stimulation des récepteurs 5HT1A augmente la libération de la DA, et ainsi les récepteurs 5HT1A agissent comme un accélérateur de la DA. Lors de la liaison aux récepteurs 5HT1A, 5HT provoque l'inhibition de sa propre libération. Un manque de 5HT entraîne une désinhibition de la libération de la DA et donc une augmentation de la production de la DA[14].

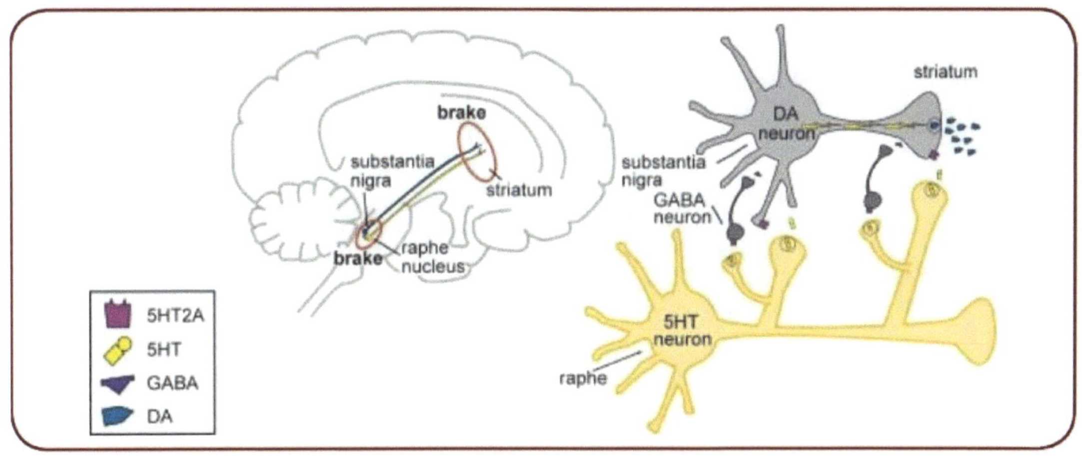

Figure 6:Regulation de la libération de la DA par la sérotonine au niveau du voie nigrostratale[14]

Dans la voie nigrostriatale, l'interaction sérotonine (5HT)-dopamine (DA) médiates les effets du côté extrapyramidal. Ici, 5HT peut réguler les sécrétions de la DA en agissant sur les régions somatodendritiques du neurone dopaminergique dans le nigra substantia ou en agissant sur les régions axonales du neurone dopaminergique dans le striatum. En l'absence de 5HT, la DA est librement libéré dans le striatum[14].

Lorsque 5HT est libéré de projections de raphées vers le substantia nigra, il stimule les récepteurs 5HT2A somatodendritiques postsynaptiques sur les neurones dopaminergique et gabaergique. Ceci mènera à une inhibition de la libération du DA axonale. Lorsque la sérotonine (5HT) est libérée à partir d'une connexion synaptique projetée par des contacts axoaxonaux ou par neurotransmission volumique entre les bornes axonales du 5HT et dopamine, elle stimulera les récepteurs 5HT2A postsynaptiques sur les neurones dopaminergique et gabaergique, conduisant à une diminution de la libération axonale[14].

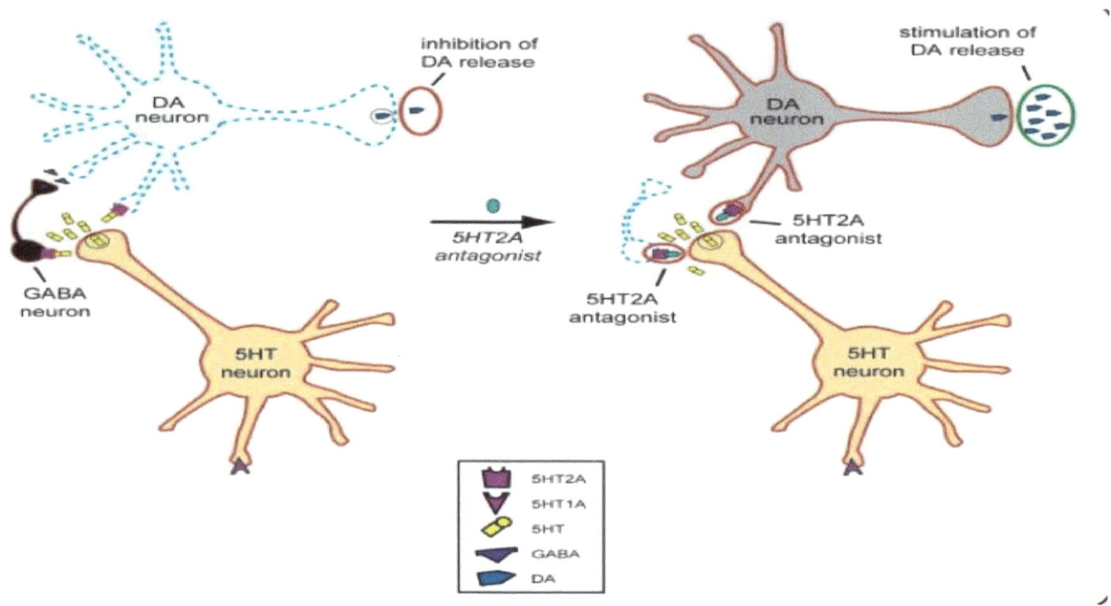

Figure7: blocage de la récepteur 5HT2A somatodendrictique provoque l'augmentation de la liberation de la DA[14]

Si la stimulation des récepteurs 5HT2A conduit à une diminution de la libération de dopamine, alors le blocage des récepteurs 5HT2A par des antagonistes devrait entraîner une augmentation de la libération de la DA. On peut donc obtenir une augmentation de la libération de la DA en bloquant les récepteurs 5HT2A sur les neurones dopaminergique postsynaptiques ou en bloquant les récepteurs 5HT2A sur les interneurones GABA[14].

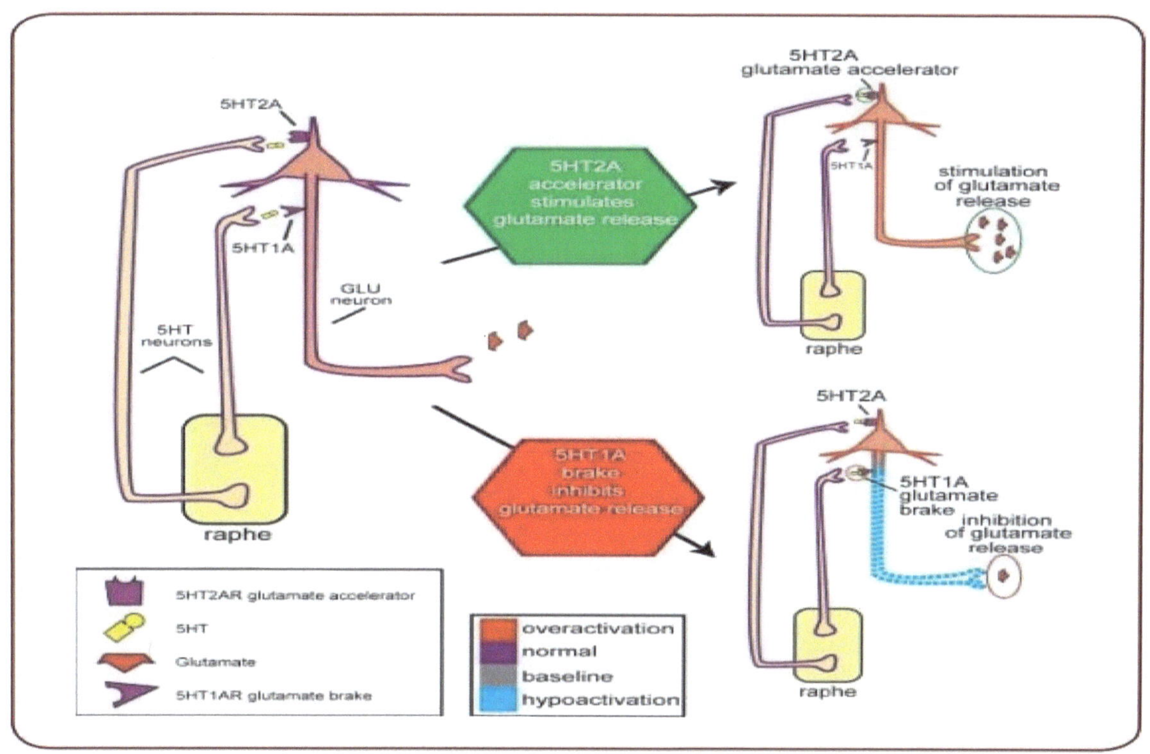

Figure 8:La sérotonine module aussi la libération corticale de la glutamate[14]

La stimulation des récepteurs 5HT2A et 5HT1A conduit également à une modulation opposée de la libération de glutamate cortical, mais elle est contraire aux actions de ces mêmes récepteurs de sérotonine lors de la libération de la dopamine. Ici, la stimulation des récepteurs 5HT2A situés sur les corps cellulaires de glutamate induit une augmentation de la libération de glutamate, agissant comme un accélérateur de glutamate. La stimulation des récepteurs 5HT1A situés sur des axones de glutamate inhibe la libération de glutamate, agissant comme un frein de glutamate. Ceci est contraire à la réglementation que 5HT a sur la libération de la DA, où la stimulation des récepteurs 5HT2A conduit à l'inhibition de la libération de la DA (frein) et la stimulation des récepteurs 5HT1A conduit à une augmentation de la libération de la DA (accélérateur) [14].

2.3. Hypothèse neurodéveloppementale :

Une réponse claire pourrait venir de la mesure de la densité neuronale, notamment dans l'hippocampe, le gyrus parahippocampique et le cortex préfrontal. Cependant, l'interprétation de cette donnée reste discutée, bien qu'une réduction de la taille des neurones soit actuellement bien établie par de nombreux auteurs.

Des études anatomopathologiques dans la schizophrénie ont documenté des altérations de la cyto-architecture neuronale, comme la présence d'une désorganisation nu une réduction de la taille des neurones, notamment dans le cortex entorhinal et dans le cortex frontal (Erb et Franck, 2009). Ces observations pourraient indiquer la survenue d'anomalies de la migration ou de la différenciation neuronale durant le développement cortical.

Ainsi, des anomalies dans la taille des cellules pyramidales hippocampiques pourraient aboutir à des dysfonctionnements des interactions entre le cortex et l'hippocampe.

2.4. Hypothèse environnementale :

L'impact de facteurs de risque environnementaux met aujourd'hui l'environnement au cœur des modèles étiopathogéniques des troubles schizophréniques. D'un point de vue méthodologique, on peut considérer que les études menées à ce jour utilisent plusieurs Concepts pour évaluer le rôle de l'environnement[13].

2.4.1. Agents poste Toxique :

La majorité des drogues addictives sont responsable d'une hyperactivité dopaminergique[14], ils en stimulent la libération par les neurones de l'ATV dans le noyau accumbens [15,16]

La consommation de cannabis entraîne une exposition des récepteurs cannabinoïdes cérébraux (CB1) au Δ9-tétahydrocannabinol (THC), principal composant psychoactif, responsable des effets psychogéniques du cannabis.[18]

L'alcool est impliqué aussi dans l'augmentation de la libération de dopamine dans le système mésocorticolimbique[17].

Sandyk et Kay (1991) ont constaté dans leur étude faite sur 142 schizophrènes dont 73 d'entre eux sont des fumeurs, que les patients fumeurs avaient des lésions au niveau du système dopaminergique (comme l'hypothalamus, l'ATV)[18].

L'argument épidémiologique établit l'existence d'une forte proportion de consommateurs de drogues parmi les patients schizophrènes, et inversement, de schizophrènes parmi les consommateurs de drogue.

2.4.2. *Agents poste infectieux :*

De nombreux agents infectieux ont été associés avec un risque accru de schizophrénie, en particulier les agents connus pour leur neurotropisme. Ces agents pourraient entraîner des altérations du développement cérébral lors d'une contamination précoce et favoriser la survenue ultérieure de la maladie. Si la contamination survient pendant la grossesse, elle entraîne l'exposition in utero du fœtus à ces agents microbiens, ainsi qu'à la réaction immunitaire inflammatoire de l'organisme maternel.

Les principaux agents mis en cause sont, d'une part, différents virus et le parasite Toxoplasma gondii et, d'autre part, les anticorps dirigés contre ces agents et les cytokines.

De nombreuses études écologiques, ainsi que des études de cohorte ont mis en évidence une augmentation du risque de schizophrénie liée à une infection par le virus de la grippe pendant la grossesse, en particulier lors du premier trimestre (RR= 3).

La présence d'anticorps anti T. gondii dans le sérum maternel au moment de l'accouchement a également été liée à un risque plus élevé de survenue ultérieure de schizophrénie chez l'enfant (RR = 2,61) de même que la présence de ces mêmes anticorps dans le sérum des nouveaux nés (RR = 1,79)[18].

3. Formes cliniques :

3.1. Type paranoïde :

La caractéristique essentielle du type paranoïde de la schizophrénie est la présence des idées délirantes ou des hallucinations auditives prononcées dans un contexte de relative préservation du fonctionnement cognitif et de l'affect.

3.2. Type désorganisé :

Les caractéristiques essentielles du type désorganisé de la schizophrénie sont un discours désorganisé, un comportement désorganisé, et un affect abrasé ou inapproprié.

3.3. Type catatonique :

La caractéristique essentielle du type catatonique de la schizophrénie est une perturbation psychomotrice importante, pouvant comporter une immobilité motrice, une activité motrice excessive, un négativisme extrême, un mutisme, des singularités des mouvements volontaires, une écholalie, ou un écho praxie.

3.4. Type indifférencié :

La caractéristique essentielle du type indifférencié de la schizophrénie est la présence de symptômes qui répondent au critère A de la schizophrénie mais qui ne répondent pas aux critères du type paranoïde, désorganisé ou catatonique[20].

4.   Évolution :

L'âge moyen de début du premier épisode psychotique de schizophrénie se situe entre le début et la moitié de la 3eme décennie chez l'homme et vers la fin de la 3eme décennie chez la femme. Le début peut être brusque ou insidieux, mais la majorité des sujets présentent une certaine forme de phase prodromique se manifestant par le développement lent et graduel de signes et de symptômes variés (p. ex., retrait social, perte l'intérêt pour l'école ou le travail, détérioration de l'hygiène et de la présentation, comportements inhabituels, accès de colère).

Les membres de la famille peuvent éprouver des difficultés à interpréter ce comportement et déclarent que la personne « traverse une crise ». En définitive, cependant, la survenue d'un symptôme de phase active indique que la perturbation est bien une schizophrénie.

La plupart des études de l'évolution et du devenir de la schizophrénie suggèrent que l'évolution peut être variable, certains sujets présentant des exacerbations et des rémissions, alors que d'autres restent malades de façon chronique. Du fait de la variabilité clans, la définition et le recrutement, une description schématique de l'évolution au long cours de la schizophrénie n'est pas réalisable. Une rémission complète (c.-à-d. un retour complet à un fonctionnement pré morbide) n'est probablement pas courante dans ce trouble. Parmi les patients qui restent malades, certains semblent avoir une évolution relativement stable, alors que d'autres présentent une aggravation progressive associée à une incapacité sévère. Tôt clans la maladie, les symptômes négatifs peuvent être prononcés, apparaissant principalement comme des caractéristiques prodromiques. Dans un deuxième temps, surviennent les symptômes positifs. Comme ces symptômes positifs répondent particulièrement bien au traitement, ils s'atténuent typiquement, mais chez de nombreux sujets des symptômes négatifs persistent entre les épisodes de symptômes positifs.

On a des raisons de penser que les symptômes négatifs peuvent devenir de plus en plus prononcés chez certains sujets au cours de l'évolution de la maladie. De nombreuses études ont identifié un ensemble de facteurs qui sont associés à un meilleur pronostic. Ils comprennent une bonne adaptation pré morbide, un début aigu, un âge de début tardif, l'absence d'anosognosie (manque d'insight), le sexe féminin, des événements déclenchant, une perturbation de l'humeur associée, un traitement par des médicaments antipsychotiques peu de temps après le début de la maladie, une complaisance médicamenteuse soutenue, une durée brève des symptômes de la phase active, un bon fonctionnement entre les épisodes, des symptômes résiduels minimes, l'absence d'anomalies cérébrales structurelles, une fonction neurologique normale, des antécédents familiaux de Trouble de l'humeur, et l'absence d'antécédents familiaux de schizophrénie[22].

5. Prise en charge de la schizophrénie :

La prise en charge est multidisciplinaire, incluant un traitement pharmacologique associé à une prise en charge psychothérapique et des mesures de réinsertion sociale, Une hospitalisation est souvent nécessaire notamment dans les formes aiguës.

5.1. Antipsychotique :

Les antipsychotiques sont des médicaments psychotropes utilisés pour leur effet tranquillisants et anti délirants dans le traitement de certaines maladies psychiatriques (schizophrénie, troubles bipolaires, psychoses maniaques…) [21].

Classification :

La classification n'est pas facile parce que les types chimiques des molécules et les effets ne sont pas toujours concordants.

De plus, une même molécule a plusieurs effets et ceux-ci varient selon la dose. On peut cependant classer les antipsychotiques selon des critères :

–Classification basée sur l'effet thérapeutique.
–Classification basée sur la structure chimique [22].
–Classification basée sur la durée d'action.

5.1. Classification basée sur l'effet thérapeutique :

Actuellement pour plus de simplicité, on distingue trois effets : sédatifs, anti productifs et anti déficitaires (désinhibiteurs).

a. Effet sédatif :

Certains antipsychotiques vont permettre de calmer le patient en induisant un état d'indifférence psychomotrice diminuant l'initiative motrice et provoquant une neutralité émotionnelle utile dans les phases aigües des psychoses afin de tempérer l'agitation du patient. L'effet sédatif va être particulièrement recherché au cours des schizophrénies et des états maniaques. On pourra constater chez le patient un état de passivité et de somnolences due aux effets antihistaminiques de la molécule (Type lévomépromazine ou chlorpromazine).

b. L'effet anti productif :

L'effet anti productif des antipsychotique traduit leur efficacité sur les activités délirantes ou hallucinatoires particulièrement recherché dans le cadre de troubles paranoïdes. On constate dans la littérature que les antipsychotique présentant un profil anti productif marqué comme notamment les antipsychotiques de seconde génération sont responsables de troubles extrapyramidaux prononcés (Boettger et coll., 2014).

c. L'effet anti déficitaire :

Les symptômes déficitaires ou négatifs qui peuvent apparaître au cours des psychoses sont classiquement l'indifférence, la pauvreté des expressions, le repli sur soi, la perte d'initiative et l'émoussement affectif. Le patient présente souvent une difficulté à terminer une tâche ou planifier des projets à long terme, une apparence physique négligée et un désintérêt pour sa toilette corporelle et buccale. Les antipsychotiques typiques et atypiques montrent une efficacité mitigée sur ces symptômes négatifs (Tsapakis et coll., 2015)[23].

5.2. Classification basée sur la structure chimique :

Les antipsychotique actuellement utilisés sont tous d'origine synthétique et peuvent se subdiviser en 3 groupes chimiques :

5.2.1. Antipsychotique de première génération ou classiques (Neuroleptiques) :

a. Classification :

Il existe quatre principales classes d'antipsychotique de première génération :

Les phénothiazines :

Les phénothiazines se caractérisent par un noyau tricyclique (deux cycles benzéniques couplés par des atomes d'azote et de soufre), où se trouve généralement un halogène dont le rôle serait important dans l'activité antipsychotique et dans la pénétration du médicament dans le cerveau. Ce noyau tricyclique est associé à une chaîne latérale liée à l'atome d'azote du noyau central. La nature de cette chaîne détermine la sous classe de la substance. Parallèlement à son rôle important dans l'activité antipsychotique, elle détermine également l'affinité du produit pour les récepteurs à l'histamine, l'acétylcholine ou la noradrénaline. Ils sont classés en trois sous-groupes :

Figure 9:structure commun des phénothiazines [24]

– aliphatique : chlorpromazine, lévomépromazine, cyamémazine.
– pipéridinée : pipotiazine et thioridazine.
– pipérazinée : fluphénazine.

Tableau 1: Les phénothiazines : dénominations et noms commerciaux[24]

Dénominations communes	Nom commercial
Chlorpromazine	LARGACTIL
Lévomépromazine	NOZINAN
Fluphénazine	MODITEN, MODECATE

Les butyrophénones :

Ce sont des dérivés de l'amino-4 fluor butyrophénone Ils sont constitués d'un cycle benzénique relié à un atome de fluor et à une chaîne pouvant comprendre des noyaux cycliques.

Figure 10: Structure commun des butyrophénone[24]

Certaines de ces substances sont pipéridinées (halopéridol, dropéridol). Les diphénylbutylpipéridines
(pimozide et penfluridol, ce dernier médicament étant un antipsychotiques à action prolongée, du fait de sa longue demi-vie) se caractérisent par leur affinité plus élevée et plus sélective pour les récepteurs D2.

Tableau 2:Les butyrophénones dénominations et noms commerciaux[25]

Dénominations communes	Nom commercial
Halopéridol	HALDOL
Pipampérone	DIPIPERON
Pimozide	ORAP

Les benzamides :

Ces composés possèdent un noyau benzénique relié en C1 par une liaison amide à une chaîne latérale et présentent en ortho un groupe méthoxy. Ils sont chimiquement affiliés à la procainamide ex : tiapride, Sulpiride, sultopride, amisulpride.

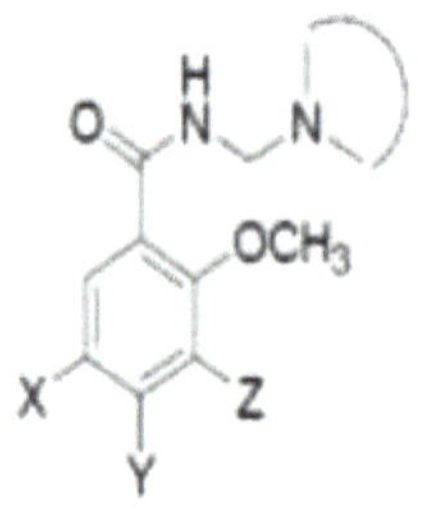

Figure 11:Structure commun des benzamide[24]

Tableau 3:Les benzamides : dénominations et noms commerciaux[25]

Dénominations communes	Nom commercial
Sulpiride	DOGMATIL
Amisulpride	SOLIAN
Tiapride	TIAPRIDAL

Les thioxanthènes et dibenzoxazépines :

Ces composés possèdent un noyau tricyclique de type phénothiazine, mais l'atome d'azote est remplacé par un

atome de carbone, les composés à chaîne latérale pipéridinée sont les plus connus : (flupentixol et zuclopenthixol) ; les dibenzoxazépines (loxapine ou carpipramine) [24].

Figure 12:structure commun des thioxanthène[24]

Tableau 4:Les thioxanthènes et dibenzoxazépines : dénominations et noms commerciaux[30]

Dénominations communes	Nom commercial
Thioxanthènes	
Zuclopentixol	CLOPIXOL®
Flupentixol	FLUANXOL®
Dibenzoxazépines	
Carpipramine	PRAZINAL®
Loxapine	LOXAPAC®

b. Délai d'apparition des effets recherchés :

Les antipsychotiques sont responsables de plusieurs effets mais qui ne sont pas observés au même moment après avoir commencé le traitement. En effet, l'effet sédatif apparait en premier, dans les premières heures ou les premiers jours du traitement. Ensuite, l'effet antipsychotique à proprement parler est plus long à survenir, il est observé quelques semaines après le début et l'effet est maintenu uniquement grâce à l'observance du traitement. Il faudra insister sur ce point avec le patient. Le dernier effet, celui désinhibiteur, avec une diminution du repli sur soi et une augmentation des contacts apparait seulement après plusieurs mois de traitement. Le point essentiel est qu'il faut laisser le temps au traitement d'apporter les différents effets recherchés et de trouver la bonne molécule qui aura le meilleur profil pharmacologique par rapport aux symptômes présentés par le patient.[25]

c. Mécanisme d'action des antipsychotiques classiques :

La propriété clef de la pharmacologie de l'antipsychotique mise en évidence dans les années 1970 est l'antagonisme D2 sur la voie dopaminergique méso-limbique. Cependant, cet antagonisme n'est pas sélectif de la voie méso-limbique. L'action est retrouvée sur les voies nigro-striée, méso-corticale et tubéro-infundibulaire[26]. Les antipsychotiques classiques exercent des effets thérapeutiques puissants sur les symptômes positifs de schizophrénie en bloquant les neurones dopaminergiques hyperactifs au niveau de la voie dopaminergique méso-limbique.

La difficulté pharmacologique ici en jeu est de savoir comment faire pour simultanément diminuer la dopamine au niveau de la voie dopaminergique méso-limbique dans le but de traiter les symptômes psychotiques positifs en lien théoriquement avec une hyperactivité des neurones dopaminergiques méso-limbiques et en même temps augmenter la dopamine au niveau de la voie dopaminergique méso-corticale afin de traiter les symptômes négatif et cognitifs, tout en lissant inchangé le tonus dopaminergique à la fois au niveau des voies dopaminergiques nigro-striee et tubro-infundibulaire afin d'éviter les effets secondaires[36].

d. Effets indésirables des antipsychotique de la 1ere génération :

Effets anti-dopaminergiques D2 :

Il existe plusieurs voies dopaminergiques dans le cerveau, et il semble que seul le blocage de l'une d'entre elles soit utile, alors que le blocage du récepteur dopaminergique des autres voies semble nocif.

Neurolepsie : Les récepteurs D2 de la voie dopaminergique méso-limbique sont censés être responsables non seulement des symptômes positifs de psychose, mais aussi du système normal de récompense du cerveau. Si les récepteurs D2 sont stimulés dans certaines régions de la voie méso-limbique, ça va bloquer les mécanismes de récompense, rendant les patients apathiques, anhédoniques, abouliques, avec un manque d'intérêt et de plaisir pour les interactions sociales, un état très proche des symptômes négatifs de schizophrénie.

Les antipsychotiques bloquent aussi les récepteurs D2 au niveau de la voie dopaminergique méso-corticale où le déficit en dopamine semble déjà être présent chez Les schizophrènes.

Symptômes extra pyramidaux et dyskinésie tardive : Lorsqu'un nombre conséquent de récepteurs D2 sont bloqués au niveau de la voie dopaminergique nigro-striée, cela provoque de nombreux troubles moteurs qui apparaissent habituellement dans la maladie de Parkinson.

Plus graves encore, si ces récepteurs D2 de la voie dopaminergique nigro-strie sont boqués de manière chronique, ils peuvent entrainer des mouvements hyperkinétiques anormaux appelés dyskinésies tardives. Ce trouble moteur comprend des mouvements de la langue et du visage,

Cependant, si le blocage des récepteurs D2 est levé assez rapidement, la dyskinésie tardive peut cesser. Cette amélioration est théoriquement due à un « ajustement » de ces récepteurs D2 par une diminution adaptée du nombre ou de la sensibilité de ces récepteurs au niveau de la voie nigro-striée lorsque l'on arrête les traitements antipsychotiques qui bloquaient ces récepteurs.

Augmentation de la prolactine : Les récepteurs dopaminergiques D2 de la voie dopaminergique tubéro-infundibulaire sont aussi bloqués par les antipsychotiques classiques. Et cela entraîne une élévation du taux de prolactine plasmatique appelée hyperprolactinémie. Celle- ci est associée à une galactorrhée et une aménorrhée, l'hyperprolactinémie peut aussi avoir un impact sur la fertilité, en particulier chez les femmes. Elle peut conduire à une déminéralisation plus rapide des os, en particulier chez femmes ménopausées qui ne prennent pas de traitement hormonal substitutif. D'autres problèmes possibles liés à une élévation des niveaux de la prolactine peuvent comprendre des troubles sexuels et une prise de poids, bien que le rôle de la prolactine dans ces troubles ne soit pas clair,

Effets anticholinergiques :

L'une des propriétés pharmacologiques particulièrement importantes de certains antipsychotiques classiques, est leur capacité à bloquer les récepteurs cholinergiques muscariniques M1. Cela peut entraîner des effets secondaires indésirables tels qu'une bouche sèche, une vision trouble, une constipation et un émoussement cognitif. Différents degrés de blocage cholinergique muscarinique peuvent aussi expliquer pourquoi certains antipsychotiques classiques ont une propension moindre à produire des effets secondaires extrapyramidaux (SEP) que d'autres. Cependant, les antipsychotiques classiques induisant le plus de SEP sont les substances qui ont les propriétés anticholinergiques les plus faibles, alors que les antipsychotiques classiques qui provoquent le moins de SEP sont les substances qui ont les propriétés anti cholinergiques les plus fortes. La dopamine et l'acétylcholine ont des relations réciproques au niveau de la voie nigro-striée. La dopamine inhibe normalement la libération d'acétylcholine des neurones cholinergiques nigro-striés,

Effets antihistaminiques H1 et anti-adrénergiques α1:

Cela comprend généralement le blocage indésirable des récepteurs histaminergiques H1, entrainant une prise de poids et une somnolence, ainsi que le blocage des récepteurs adrénergiques α1, responsable des effets secondaires cardiovasculaires, tels qu'une hypotension orthostatique, et une somnolence[36].

5.2.2.   Antipsychotique de deuxième génération ou atypiques :

Les antipsychotiques de deuxième génération sont aussi efficaces que les antipsychotique conventionnels sur les symptômes « positifs » (délire, hallucinations, excitation), et semblent un peu plus efficaces sur les symptômes « négatifs » (ralentissement, retrait affectif), la désorganisation et les troubles cognitifs. Ils présentent en général moins d'effets indésirables neurologiques ce qui serait un facteur favorisant l'observance thérapeutique et par conséquent, réduisant le risque de rechute.[27]

a. Classification chimique :

Les antipsychotique de seconde génération appartiennent aux classes principales suivantes :

Les di benzodiazépines :

Ces composes ont une structure tricyclique proche de celle des phénothiazines, Les dibenzodiazépines possèdent un noyau heptagonal accolé à deux cycles benzéniques et une chaîne plus ou moins longue attachée au noyau heptagonal[24].

Figure 13: Structure chimique de la clozapine[30]

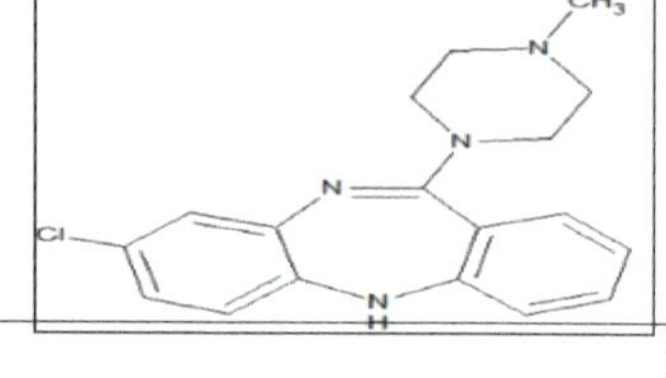

Tableau 5 :Les dibenzodiazépines : dénominations et noms commerciaux [25]

Dénominations communes	Nom commercial
Clozapine	LEPONEX
Olanzapine	ZYPREXA
Quetiapine	SEROQUEL (statut spécial ATU nominative)

Les benzisoxazoles :

Les benzisoxazoles peuvent être considérés comme apparentés aux butyrophénones. Par rapport au noyau de base on retrouve l'enchainement d'un groupement phényle substitué par un fluor avec un radical à quatre atomes de carbone porteur d'un azote. L'oxygène de la fonction cétone est remplacé par un atome d'azote inclus dans une structure isoxazole accolée au cycle benzénique. Cette structure particulière est à l'origine du nom de cette sous-classe[29].

b. Mécanisme d'action :

Le double antagonisme dopaminergique D2 et sérotoninergique 5HT2A est la principale caractéristique des antipsychotiques de deuxième génération, ce qui les différencie des antipsychotiques de première génération.

L'implication des récepteurs 5HT2A : Des récepteurs sérotoninergiques 5HT2A sont présents en post-synaptique sur les neurones dopaminergiques de la voie méso-corticale. Dans les conditions physiologiques, l'action de la sérotonine diminue la transmission dopaminergique. L'antipsychotique atypique avec sa propriété d'antagonisme des récepteurs 5HT2A permet d'augmenter le taux de dopamine sur la voie dopaminergique méso-corticale. Ceci permet de mieux prendre en charge les symptômes négatifs, en augmentant le taux de dopamine dans la zone cérébrale où il y avait une carence.

De plus, d'autres récepteurs 5HT2A sont retrouvés dans la voie méso-limbique au niveau de neurones glutamatergiques. Lors de l'ajout d'un antipsychotique atypique, on observe la diminution de la transmission du glutamate et donc celle de la dopamine, ce qui permet la diminution de la symptomatologie positive.

D'autres récepteurs post-synaptiques 5HT2A sont présents sur des neurones à glutamate sur la voie pyramidale. Le glutamate libéré agit dans le tronc cérébral sur un neurone gabaergique qui, une fois le GABA transmit, permet l'inhibition de la libération de la dopamine dans le locus niger. Donc l'antagonisme des récepteurs sérotoninergiques au début de la transmission a pour effet de lever l'inhibition de la transmission dopaminergique et donc de réduire les symptômes extrapyramidaux.

De la même façon, dans la voie tubéro-infundibulaire, la transmission sérotoninergique augmente le taux de prolactine grâce à son action sur les neurones dopaminergiques. L'utilisation d'un antipsychotique permet de diminuer la concentration de prolactine et les effets indésirables qui en découlent. Mais dans la pratique, cette propriété n'est pas systématiquement vérifiée, notamment dans le cas de la rispéridone.

Le récepteur 5HT1A : Certains antipsychotiques atypiques ont une propriété pharmacologique supplémentaire : l'agonisme partiel des récepteurs sérotoninergiques 5HT1A. Concernant les récepteurs 5HT1A qui nous intéressent, nous en retrouvons deux types, ceux situés en post-synaptique sur les neurones pyramidaux glutamatergiques du cortex préfrontal et ceux situés en pré-synaptique sur les neurones sérotoninergiques du raphé médian.

Les premiers, lorsqu'ils sont stimulés par un agoniste, diminuent la libération du glutamate au niveau du tronc cérébral, ce qui empêche la libération du GABA et son action inhibitrice sur la libération de la dopamine. Ainsi, nous observons une augmentation de la libération de la dopamine dans le striatum et une diminution de l'incidence des symptômes extrapyramidaux.

Les seconds, appelés également autorécepteurs, inhibent la libération de la sérotonine dans la fente synaptique. Sachant que la voie sérotoninergique comprend le raphé médian, le locus niger et le striatum, la diminution du taux de sérotonine limite sa fixation sur les récepteurs 5HT2A présents sur les neurones striataux. Ainsi cela permet l'activation des neurones dopaminergiques et l'augmentation de la libération de la dopamine dans le striatum[30].

La plus grande affinité pour les récepteurs sérotoninergiques est à l'origine d'effets thérapeutiques plus intéressants concernant les symptômes affectifs et négatifs, et permet de limiter certains effets indésirables comme les signes extrapyramidaux[31].

c. *Effets indésirables des antipsychotiques de la 2eme génération :*

La prise de poids :

L'antagonisme des récepteurs H1 et 5HT2C est à l'origine de la prise de poids. L'effet anti-H1 des molécules sur les récepteurs présents sur l'hypothalamus, induit une modulation du métabolisme de base avec une augmentation du taux d'AMP-kinase, qui provoque un effet orexigène et donc un accroissement de la prise alimentaire[32].

Diabète :

Le développement du diabète suite à la prise d'antipsychotique peut être expliqué par deux théories différentes :

La première est celle dépendante de la prise de poids et ressemble à l'apparition d'un diabète de type 2 dans la population générale dans le cadre d'un syndrome métabolique. En effet, l'augmentation du poids peut mener à l'obésité qui favorise l'intolérance au glucose, la résistance périphérique à l'insuline et l'augmentation des triglycérides. Ensuite se crée un hyperinsulinisme puis un diabète de type 2.

Cependant la deuxième théorie serait que le diabète induit est indépendant et plus précoce que la prise de poids du patient. Cette théorie se place dans un contexte d'insulinopénie.

Dyslipidémies :

La présence d'une dyslipidémie doit conduire à ne pas administrer la clozapine, l'olanzapine et la quétiapine, sauf en cas de nécessité clinique majeure. Dans une étude en 2011, l'olanzapine provoquerait une augmentation du taux de triglycérides de 22%[34].

La clozapine peut provoquer une agranulocytose, ce qui a engendré la suspension de son autorisation de mise sur le marché pendant plusieurs années. Après réévaluation de cet effet indésirable grave (0,46 % des patients traités), la prescription de la clozapine est limitée aux schizophrénies chroniques sévères avec résistance majeure aux antipsychotiques classiques.[25].

Les signes neurologiques :

La capacité de dissociation rapide des récepteurs D2, la diminution du taux d'occupation des récepteurs D2 et l'affinité pour les récepteurs sérotoninergiques 5HT2A et 5HT1A des molécules antipsychotiques améliorent la tolérance neurologique tout en gardant une bonne efficacité antipsychotique [20].

Concernant le taux d'occupation des récepteurs D2, il y a une hypothèse pour expliquer l'apparition ou non des effets indésirables. Lorsque ces récepteurs sont occupés à 60%, on observe l'effet thérapeutique recherché, à savoir l'effet antipsychotique. Lorsque ces mêmes récepteurs sont occupés à 80% et plus dans la voie nigro-striée, c'est à ce moment-là qu'on observerait l'apparition des symptômes extrapyramidaux. La plus faible affinité pour les récepteurs D2 que les antipsychotiques de première génération pourraient donc expliquer la diminution des symptômes neurologiques.

Les autres effets indésirables :

Comme les antipsychotiques de première génération, nous retrouvons en fonction de l'affinité pour les différents récepteurs, les mêmes effets indésirables :

−Le syndrome atropinique en fonction de l'affinité pour les récepteurs muscariniques M1

− La sédation : récepteurs H1, M1 et α1.

−Les troubles endocriniens : hyperprolactinémie et troubles sexuels.

−Les troubles cardiovasculaires : hypotension orthostatique et allongement de l'espace QT (torsade de pointe) [34].

5.2.3. Antipsychotiques de troisième génération:

Cette partie nous amène à parler de l'émergence d'une théorie selon laquelle, nous pourrions différencier les molécules de deuxième génération :

a. L'aripiprazole :

L'aripiprazole est un antipsychotique atypique faisant partie de la classe des dihydroquinolones. Son profil pharmacologique différencie cette molécule des précédentes, ce qui fait parler de troisième génération[30].

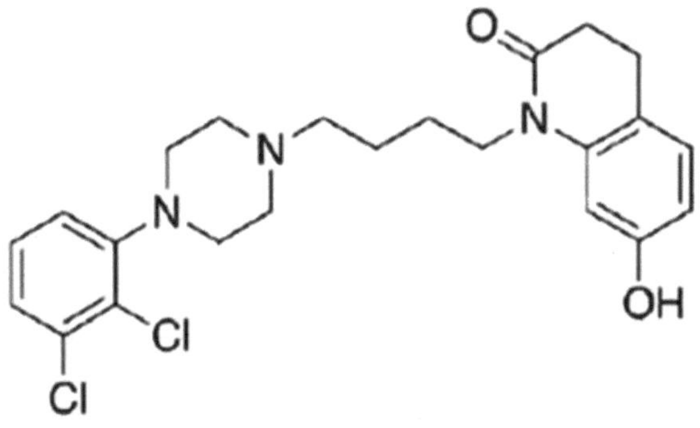

Figure 15: Structure chimique de l'aripiprazole [30]

b. Mécanisme d'action :

La molécule présente trois propriétés pharmacologiques principales : un antagonisme sérotoninergique 5HT2A, un agonisme partiel D2 et un agonisme partiel 5HT1A[30]. Contrairement aux autres molécules atypiques, l'aripiprazole a moins d'affinité pour les récepteurs 5HT2A que pour le récepteur D2. Un autre argument en faveur de la distinction et la création d'une troisième génération.

L'antagonisme 5HT2A et l'agonisme partiel 5HT1A, en plus de l'action antipsychotique, permettent de diminuer l'incidence du syndrome extrapyramidal. De plus, l'affinité pour les récepteurs 5HT1A pourrait engendrer un effet antidépresseur et anxiolytique[36].

L'aripiprazole a la faculté de se comporter comme un antagoniste dopaminergique dans la voie méso-limbique où il y a une hyperactivité, et comme un agoniste dans la voie méso-corticale où il y a généralement une hypoactivité dopaminergique à l'origine des symptômes négatifs et cognitifs[33].

La faible action antagoniste D2 limite le blocage des récepteurs D2 au long cours[34].

c. Effets indésirables des antipsychotiques de la 3eme génération35 :

–Variations de poids, diabète.
–Troubles extrapyramidaux.
–Insomnie, anxiété, agitation.
–SEP, dyskinésies, akathisie, sédation, céphalées.
–Sécheresse buccale.
–Réaction.
–Raideurs.
–Troubles de l'érection.

5.3. Classification basée sur la durée d'action :

Sur le marché des antipsychotiques, on distingue les antipsychotiques dits « à action immédiate » et ceux « à action retard ».

Les antipsychotiques à action immédiate : Ils se présentent le plus souvent sous forme orale (comprimés, gélules ou solution buvable). La posologie est d'une à plusieurs prises par jour. Dans certains cas la libération du comprimé peut être modifiée, l'action du médicament est alors retardée afin de suivre un schéma posologique d'un seul comprimé par jour. On retrouve ces comprimés à libération prolongée avec l'Olanzapine (Zyprexa®) ou encore le pimozide (ORAP®)[36].

Les antipsychotiques retards : Ils se présentent pour la plupart sous forme d'une prodrogue qui libère progressivement le principe actif. Ces antipsychotiques sont sous forme injectable, avec un délai entre les injections généralement de 2 à 4 semaines suivant les médicaments.

L'administration par voie intramusculaire offre un taux plasmatique plus fiable et permettrait d'administrer des doses moindres. La diffusion est lente et le antipsychotiques peut parfois être retrouvé dans le sang 9 à 12 mois après la dernière injection[37].

Tableau 7 : Les antipsychotiques retards : dénominations et noms commerciaux[41]

Dénominations communes	Nom commercial
Halopéridol décanoate	Haldol décanoas®
Zuclopenthixol acétate	Clopixol action semi-prolongée®
Fluphénazine décanoate	Modécate®
Risperidone	RisperdalConsta®
Aripiprazole	AbilifyMaintena®

5.4. Autres médicaments à associer :

5.4.1. Antidépresseurs :

Lors de l'évolution du trouble schizophrénique, près de 33% des patients présenteront une symptomatologie dépressive. Dans un certain nombre de cas, il s'agit d'authentiques épisodes dépressifs majeurs, dont la survenue présente un risque d'altération du pronostic, avec notamment une augmentation du risque suicidaire, mais également du nombre d'hospitalisations et une altération des possibilités d'insertion. Ils sont en revanche indiqués pour traiter la symptomatologie dépressive constatée au cours de l'évolution. L'adaptation se fera en fonction des risques d'interaction avec le traitement antipsychotique, de la tolérance et du profil clinique.

5.4.2. Anxiolytiques :

Au cours de certaines périodes de la maladie, des manifestations anxieuses sont possibles. Les anxiolytiques peuvent alors présenter un intérêt mais de manière temporaire en raison du risque possible de mésusage de type addictif.

5.4.3. Hypnotiques :

Les troubles du sommeil sont fréquents, en particulier dans les phases aiguës de la maladie. Avant d'utiliser un traitement hypnotique, il convient de préciser la nature des troubles du sommeil et leur caractère secondaire, en particulier à une symptomatologie délirante intense. Leur emploi doit être là aussi de courte durée et contrôlé en raison du risque de dépendance.

5.4.4. Normothymiques :

Les traitements normothymiques sont classiquement réservés aux formes présentant une symptomatologie thymique associée et aux troubles schizo-affectifs. Leur emploi doit être évalué et reconsidéré régulièrement, afin d'éviter le risque d'interaction médicamenteuse trop marquée avec le traitement antipsychotique. De surcroît, un traitement au long cours associant plusieurs molécules est un facteur pouvant altérer l'observance générale.

5.5. Traitement non médicamenteux :

5.5.1. L'électro convulsivothérapie (ECT) :

Il s'agit d'un traitement irremplaçable dans un certain nombre d'états schizophréniques aigus que les médicaments seuls n'arrivent pas à apaiser.

L'ECT est une stimulation électrique appliquée sur le cortex cérébral à travers le scalp sous anesthésie générale et curarisation : pendant une fraction de seconde[39].

5.5.2. Thérapies comportementales et cognitives dans la schizophrénie :

Elles reposent principalement sur l'entraînement des compétences sociales (ECS) et sur la psychothérapie cognitive. L'ECS et la psychothérapie cognitive sont généralement mis en œuvre chez des patients dont le tableau clinique est stabilisé et dont le traitement psychopharmacologique est stable après avoir été réduit à la posologie minimale efficace[40].

Bibliographie des références

Bibliographie des références :

1. https://www.futura-sciences.com/sante/definitions/medecine-schizophrenie-12989/

2 . Durant son intervention dans un séminaire international tenu le 20/10/2018, et organisé par l'association algérienne de l'épidémiologie des maladies mentales et l'association française de la psychiatrie

3 . Cacabelos R, Martinez-Bouza R. Genomics and Pharmacogenomics of Schizophrenia. CNS NeurosciTher. 2010 Aug 16 Tienari P., Wynne L.C., Moring J.

4. Tienari P., Wynne L.C., Moring J. Finnish adoptive familystudy: sampleselection and adoptee DSM- III-R diagnoses. Acta PsychiatrScand 2000; 101(6):433-43

5 . Tengomo gf. lesdeterminants de la non observance a la therapieantiretrovirale par les patients adultes infectes par le VIH et suivis au cnhu sous la direction de : De Cotonou. 2002_2003

6 . Adherence to long- termtherapies: evidence for action. Geneva: World HealthOrganization, 2003 (site internet). Consultable sur : www.who.int/chp/knowledge/publications/ adherence full report.pdf

7 . J P. Adhésion médicamenteuse et psychiatrie. Elsevier. 2004.

8. Franck N. clinique de la schizophrénie EMC psychiatrie. 2013.. 9 https://www.orpha.net.

10.Schizophrénie : Près d'un demi-million de cas enregistrés en Algérie .Avalable frome :http://www.algerie360.com.

11.La Schizophrénie -Bernard Granger & Jean Naudin -Santé & Médecine, Le Cavalier Bleu édition 3. 12 . Vulnérabilité génétique à la schizophrénie (http://www.edimark.fr).

13.Les facteurs de risque environnementaux de la schizophrénie (https:/www.encephale.com).

14.M. cartier, M. Kanit, X. Laqueille Dossier : L'héroïnomanie-Comorbidité schizophrénie héroïnomanie et autre addictions : aspects cliniques et thérapeutiques. Annales médico psychologiques 162(2004) 311-316.

15.De Michel Reynaud Addictions et psychiatrie Publié par Elsevier Masson, 2005.

16 Mécanismes dopaminergiques des symptômes schizophréniques et nouvelles perspectives de modulation thérapeutique Benjamin Rolland- Université de Lille Nord de France Faculté de Médecine 2012

17 . L'action des drogues sur le cerveau www.cyes.inf. 18 . Sandyk R, Kay SR

19. DSM -5 - manuel diagnostique et statistique des troubles mentaux : Elsevier Masson. 2015.

20 . DSM -4 - manuel diagnostique et statistique des troubles mentaux : Elsevier Masson. 4eme édition.

21.Pollet-Villard L. Schizophrénie et Psychomotricité. Le cas d'une U.M.D Mémoire Diplôme d'Etat de Psychomotricienne, Toulouse 2012; 75 pages.

22.https://www.analyticaltoxicology.com.

23.TASSETTI P. COMPLICATIONS ORALES DES MÉDICATIONS NEUROLEPTIQUES. 2015.

24.https://www.adiph.org.

25.N. Franck, F. Thibaut. Modalités d'utilisation des neuroleptiques. EMC - Psychiatrie. 2005;2:300-39.

26.Granger B. Psychiatrie d'aujourd'hui (La): Du diagnostic au traitement. Odile Jacob; 2003. 556p.

27.Evaluation des prescriptions de risperidone a liberation prolongee au centre psychotherapique de nancy entre 2005 et 2008 –alexandre delfour.

28.Pharmacologie des antipsychotiques : vers une adaptation individuelle du traitement de la schizophrénie juillet 2016GAIRIN Jean Edouard UNIVERSITE TOULOUSE III PAUL SABATIER.

29.Neuroleptiques et antipsychotiques atypiques: quelles différences entre les deux générations de traitements- Bertrand QUENET- UNIVERSITE DE LIMOGES 2013.

30.Michel Dierick, Marc Ansseau, Hugo D'haenen, Joseph Peuskens, Paul Linkowski. Manuel de psychopharmacothérapie. Academia Press; 2003. 724 p.

31.Olié J-P, Gallarda T, Duaux E. Le livre de l'interne - Psychiatrie (2e ed.). Lavoisier; 2012. 499p

32.M. Plaze. Comprendre les effets latéraux des antipsychotiques atypiques.

L'Encéphale. 2008;(Supplément 6):237-41.

33.Franck N, Fromager F, Thibaut F. Prescrire les antipsychotiques: propriétés et

modalités d'utilisation. Elsevier Masson; 2015. 207 p.

34.J. Costentin. Modulations pharmacologiques des systèmes dopaminergiques : des

neuroleptiques à l'aripiprazole. L'Encéphale. 2008;Supplément 2:46-9.

35.suivi de patients sous médicaments neuroleptiques a la maison d'arrêt lyon-corbas-

mme abel- coindoz chloé – 2015.

36.Thériaque. Disponible sur: http://www.theriaque.org (06/01/2017).

37.Cardiotoxicité et prise d'antipsychotiques: évaluation de l'allongement de l'intervalle QT

chez les malades psychotiques hospitalisés au niveau du service de psychiatrie du CHU Tlemcen 2012 . 38.LA SCHIZOPHRENIE, SES TRAITEMENTS ET LEUR EVOLUTION A L'HOPITAL RAVENEL DE 2000 A 2006. -François SCHNEIDER- UNIVERSITE HENRI POINCARE- NANCY 1 (2009)

39. https://www.ma-schizophrenie.com/prise-en-charge/traitements-des-schizophrenies/.

40.http://www.blog-elsevier-masson.fr/2018/02/therapies-comportementales-cognitives schizophrenie/.

de 153 cas Maroc 2016.